HECHIZO COLOMBIANO
(O EL ÁNGEL DEL AMOR)

Ighor
  Hechizo colombiano: o el ángel del amor / Ighor; edición literaria a cargo
  de Luis Videla. - 1ª ed. - Buenos Aires: Deauno.com, 2010.
  94 p.; 21x15 cm.

  ISBN 978-987-1581-60-3

  1. Narrativa Argentina. 2. Novela. I. Videla, Luis, ed. lit.
  CDD A863

© 2009, Ighor
© 2010, Deauno.com (de Elaleph.com S.R.L.)
© 2010, Imágenes de tapa
© 2010, Luis Videla, edición literaria

contacto@elaleph.com
http://www.elaleph.com

Para comunicarse con el autor: principeighor@gmail.com

Primera edición

ISBN 978-987-1581-60-3

Hecho el depósito que marca la Ley 11.723

IGHOR

Hechizo colombiano
(O EL ÁNGEL DEL AMOR)

deauno.com

NOVELA TESTIMONIAL

(ANTINOVELA)

(Cualquier similitud terminológica con la realidad política argentina actual, es mera coincidencia)

Digo testimonial, porque es testimonio de vida en dos distintas formas: Novelada y no velada.

Todo libro implica un mensaje.
Si el autor no transmite uno...
Si el lector no halla uno...
Quizás todo sea en vano.

A: Anna Dialide.
Mi hechicera

Anna (hebreo: Ana): gracia de Dios.

Dialide (posible nombre compuesto) DIA y LIDA, o DI y ALIDA/ALIDE).

Dia (griego): centaura, hija de Eyoreo —o Deyoneo— y esposa del centauro Ixión.

Lida (griego): amada, querida por todos.

Di (latín: diminutivo de Diana) día, luz del día, llena de luz divina.

Alida (griego) la que viene de Elida o Elide, región del Peloponeso donde se celebraban los juegos olímpicos (variantes: Alidia o Alide).

Alida: Hipocorístico de Adelaida.

Alida: Variante de Elida.

Estas dos últimas acepciones, son formas impuestas por el uso.

Alide (germánico: hildjo): batalla, guerra.

Alide (germánico: athala): nobleza, dignidad, grandeza.

PREFACIO

Este es mi primer libro, y me siento obligado a compartir con ustedes, algunas ideas acerca de la novela y sus formas.

Se me ocurren tres formas básicas: La novela, propiamente dicha (ficción en la ficción). La antinovela (realidad en la ficción). Y la metanovela (ficción en la realidad).

Por lo tanto, la presente, merced a su característica, integra el segundo grupo.

¿Qué es la ficción? El mundo de la materia, lo manifestado.

¿Qué es la realidad? El mundo de la energía, lo potencial.

No puedo dejar de mencionar, también, que se me ha deslizado, algún dejo, de sabor poético, por lo tanto, a esta pequeña obra, se la puede considerar escrita, en la forma híbrida: Proesía 70/30 (70% de prosa y 30% de poesía).

Desde la óptica de lo simbólico, es de carácter tríbrido: Un primer nivel relacional; el segundo, histórico-cultural y el tercero, el mensaje.

Tres principios básicos, coincidentes, pero diversos, alimentan la estructura de esta obra, a saber: 1) El conjetural omega (la existencia como tendencia ascendente, desde alfa —estado de ignorancia, a omega— estado de sabiduría (conocido también como conciencia cósmica o unión mística); 2) La ecuación einsteniana ($E = mc^2$); y 3) El principio alquímico fundamental (conversión de la imperfección, incompatibilidad de la dualidad, en perfección, el meta nivel, como síntesis de la dualidad).

En realidad, la ecuación einsteniana, no es mas que la expresión matemática del principio fundamental de la alquimia, revelando, también, la tendencia del conjetural omega. A su vez, E: Representa la realidad, y m: La ficción.

Y... ¿por qué no decirlo? Quizá esta conceptualización, contribuya en algo a una formulación del todo; lo que en círculos científicos, se pretende como teoría del campo unificado, o yendo acullá... la física hiperdimensional. ¿Por qué tiene que ser ésta una búsqueda científica? ¿Por qué no puede ser filosófica, ontológica, metafísica... meta filosófica?

¿No será esa otra restricción mental más?

Porque, digámoslo con todas las letras: Científicos, los hay como hormigas en un hormiguero. Ahora... científicos en serio, con la mente abierta a todo y a todos, sin dogmatismos de ninguna naturaleza, ¡quizás no sean tantos!

En fin... como sigue esta historia, el tiempo lo dirá.

Introducción I

(Del autor)

El chat la trajo hasta mí. Vino en el ojo del huracán, y... me arrastró, me enredó, me envolvió... totalmente. Sin darme cuenta me sentí atrapado con su seducción. Sus palabras, aunque lejanas calaron muy hondo, en lo más profundo de mi corazón. Un halo de dulzura, suavidad, y... —¿por qué no decirlo?—, de pasión, se posó en mi. Ella es muy peculiar, los busca lejanos, bien lejanos... ¿Qué raro temor encubre esa búsqueda? Si pudiese, quizá, los buscaría en Marte o Venus. Tal vez... más adelante.

Y Como si todo esto fuera poco... cuando me dispongo a buscarte, vos ya te alejaste. Pareciera que así no te voy a alcanzar jamás: Europa, la Luna, Júpiter, las Pléyades...

Esto parece más un sueño —el típico caso de amor imposible— que una realidad. "Cualquiera es capaz de soñar, pero no cualquiera es capaz de realizar sus sueños."

Incursiona en mi mente una reflexión de I. Kant: "Atrévete a pensar" y decidí saltar todas las vallas... Y ampliando la misma, agrego: ¡Y... hazlo ya! Entonces me di cuenta que no existe lo imposible en los universos físicos. ¡Hay que atreverse, osar, cruzar todas las fronteras! La aventura de lo sin límites, de la perspectiva integral —infinitud y eternidad.

Respondí su primer mensaje, y allí me condené a la hermosa reclusión perpetua de anhelar vivir junto a ella. No sé si alguna vez comprenderé como sucedió esto, porque... ¡Ellas son tan enigmáticas!

Hasta ahora, solo nos une el chat, la cámara web, las fotografías y las conversaciones telefónicas.

Sus palabras, develan, entre líneas, su intimidad. De ellas, puedo entrever, su estado de ánimo.

La percibo osada, independiente, experta, inteligente, luchadora, valiente, extrovertida, fogosa,... la impresión que tengo, es: ¡Que siempre consigue lo que quiere!

¡Ay, diosito mío! ¡Esto parece un gualicho!

¿No me habré tirado a la pileta, sin fijarme, si tenía agua?

¿Seremos, alguna vez, los dos, uno?

El tiempo lo dirá. También... la vida misma.

¡Si escuchásemos los mensajes que la vida nos envía, las cosas serían tan sencillas! Pero... ¡Somos tan tozudos! ¡Queremos resolver todo nosotros ya! ¡Cual si fuésemos importantes o imprescindibles! ¡Qué vana estupidez, la humana, de creer que somos algo! Si fuésemos un tanto humildes, ahorraríamos energías y tiempo. Pero... bueno, así somos. ¿Aprenderemos algún día?

Me pregunto: ¿Cómo sigue esto?

Me invitó a ir a su país, donde ella juega de local (allí está su tribu, de la cual, es un tanto caciqueja). ¡Me parece que voy a perder por goleada! Pero allí está el cantaclaro: Cuando uno se contrasta con el otro, las palabras sobran. Unos pocos segundos dicen más que mil palabras. Allí se acaban los sueños y la cruel realidad entra a tallar. Como dicen en la calle: "En el campo se ven los pingos".

Me asaltaron múltiples dudas: ¿Seremos, o nos haremos compatibles, para una convivencia de crecimiento? Porque... digámoslo sin tapujos: ¡Convivir, cualquiera lo puede hacer con cualquiera! Pero de allí a que signifique aprendizaje, y, consecuentemente, evolución, hay un salto de catarata.

La relación, se asemeja mucho al rosal: tiene rosas (muy pocas), y... también espinas (¡muchísimas!)

Luego pensé: En un marco de genuino amor, los límites se diluyen, y los imposibles se tornan posibilidad: ¡No existen obstáculos de ninguna naturaleza! Porque... mi búsqueda es hacia una relación horizontal, es decir, con independencia y autosuficiencia, de manera que las decisiones que cada uno adopte, sean a conciencia, entonces, esta relación será superadora.

¿Podremos salvar la distancia física que nos separa, en forma genuina y sustentable?

"Cuando quieres realmente una cosa, la mente universal conspira para ayudarte a conseguirla"

Y... después: ¿Qué?

Introducción II

(De la dedicatoria)

Me pregunto: ¿Cómo empezó todo esto?

¿Y... como fue que llegamos hasta aquí?

¡No lo sé! Tú también eres responsable de esta situación.

Espero que esto no sea solo jugar al chat.

Te conté todo, todito, todo acerca de mí. No quiero ocultarte nada, pregúntame lo que quieras, y... cuéntame todo sobre ti. Pues creo que ya me estoy enamorando. ¡Quiero ser tu reina! ¿Me trataras como tal?

¡Me vas a consentir, caprichosa como soy!

Estoy muy sola, tu pequeña, quiere estar juntito a ti.

Tengo mucho afecto, cariño, amor para darte.

Me considero halagada, porque me dedicas esta novela. Ponle mucho aderezo, y, que no le falte sal y pimienta, que sea bien sabrosica...

Anímate a la convivencia, no te asustes, vas a ver que todo será muy rico.

¡Te estoy esperando, mi amor, deseo verte pronto, no soporto esta soledad!

Estoy ansiosa, siento celos por las otras potrancas.

¡Qué vacío que hay en mi lecho! ¡Quiero morderte, acariciarte con mis largas uñas... hacer el amor felino contigo!

¡Dónde y cuándo te veré! ¡Estamos tan alejados! Y yo no me conformo, con lo que tú dices: "Que nos hallamos unidos, pese a la distancia." ¡Te quiero a mi lado, ya! ¿Cuánto tendré que esperar, aun? ¡Pareciese que nunca nos fuésemos a encontrar!

¡Que el tiempo siempre me está jugando en contra!

¡Qué desesperación!

I

PROLEGÓMENOS

En una oportunidad conocí a una dama sumamente atractiva. La primera vez charlamos amablemente. Nuestras miradas se cruzaron, por un instante, diría que nuestros ojos, se clavaron los unos en los otros. A través de los de ella, tan expresivos como inescrutables, pude acceder a la adimensionalidad de lo infinito. Percibí, en esos hermosísimos ojos claros, un libro abierto, perfectamente legible, para todo aquel que conoce los códigos del alma. (Como dicen: "Los ojos, son el fiel reflejo del alma"). A su través, pude descubrir, en ella, sus fortalezas y debilidades... Al despedirnos, le tendí mi mano tímidamente, y ella puso su mejilla, y en ese beso, accedí a su mundo interior. En ese flash intuí, entre nosotros, una conexión poco habitual, por su profunda sintonía. La predisposición continuó, todo iba sobre ruedas, es más, se dieron circunstancias no habituales, corroborando la situación favorable. Se ofreció a colaborar en tareas que le eran específicas, para aliviarme el tedio de tener que recurrir a terceros. Cuando salimos a caminar, tuve la sensación de que el tiempo y el espacio se diluían, desaparecían... sólo éramos ella y yo.

Parecía voto cantado.

De repente los desencuentros fueron mayores que los encuentros, surgieron algunas dificultades, y... no nos vimos más.

A veces nos dejamos llevar por situaciones evidentes, contundentes, claras... y las damos resueltas por anticipado. La experiencia nos dice, que debemos ser cautos, sospechemos cuando la solución es tan fácil. Las dificultades existen y son inherentes a la vida misma, es más, son el acicate y el desafío propios de ella. Cuando las cosas son demasiado fáciles o demasiado difíciles algo no funciona adecuadamente. Revisemos nuestras actitudes.

La incerteza es una propiedad de lo físico ¡Tengámosla en cuenta!

§

Se planto frente a mí, y me clavó su mirada.

No sé que primó; si la duda, la indecisión, el temor, o un *mix* de ellos... lo cierto es que me fui. Luego me arrepentí, y salí a buscarla, pero no la hallé, la busqué por días, por semanas... pero nunca más la vi. Pensé: Debió haber sido la versión femenina de un ángel, que quería transmitirme algún mensaje, y yo no me animé a escuchar... Lo cierto, es que no fue un sueño, la vi, allí estaba... sensual, atractiva, seductora, hermosa. Dicen que los ángeles descienden, cuando vienen a cumplir una misión. Una tarea específica, un lapso determinado, y luego... retornan. ¿No será una parte de nosotros que se eleva a otros planos? Tal como ocurre con los rayos, durante una tormenta. Muchos creen que van de las nubes hacia la tierra, y, sin embargo... es al revés.

Entonces, continuando con la especulación mental, lo que vi fue una proyección... ¡Sin embargo... juraría que no!

Lo cierto fue que me olvidé del asunto.

¡No sé cuánto tiempo transcurrió!

Esa noche soñé con ella, y me dio su mensaje: "Tengo una respuesta para tu petición... "

§

Otrora pensaba como sería la mujer ideal, y la convivencia con ella...

Creo que mentalmente, le transmití mi inquietud a la vida, y como siempre, ésta se hizo cargo.

Y... me llegó la respuesta.

—Vos querías una mujer así, así y así...

¡Bueno, ya te la conseguí!

—Y... ahora ¿Qué hago?

—Y... ¡Arreglate! ¿Qué querés? ¡Que te la de con manual de instrucciones..!

—Noooooooooo, por favor... ¡Un libro así no cabría en ninguna biblioteca, y no alcanzaría toda la vida para leerlo!

§

Aprovecho para contarles como es el procedimiento para dicha elección.

Antes usaban un libro de 10 m x 10 m. x 1 km. de altura, donde constaban todas las mujeres que fueron, que son, y... que serán; con todo su protocolo paramétrico. Hoy se han modernizado, eliminaron burocracia, y operan una computadora cuántica de 11 Qbits.

Toda la información se halla en código endeca decimal; recorriendo un millón de datos en un nanosegundo, y con una posibilidad de error del uno por mil millones.

¡Qué eficiencia! ¿No?

¿Cómo no van a hallar lo que uno desea?

§

Después, lo que fuese, real o virtual, se esfumó. Lo que no se esfumo fue mi duda: ¿Puede existir una mujer tan hermosa y perfecta... sin ser ángel?

§

Ella comenzó esta historia; dicen que la tercera es la vencida... ¿Será cierto? Esta vez (¡Oh gran paradoja!), la cosa comenzó al revés: Dificultades, ni pocas, ni pequeñas... para alguien que no está bien parado; el huracán se lo hubiera llevado. Son pocos los que aguantan un vendaval de entrada. Enseguida se decepcionan, y listo.

Tomé distancia y pensé: De las crisis se sale o se hunde. Recordé aquello que: "El fracaso debe fortalecer, no debilitar." No fue difícil, tome fuerzas, y salí.

Cuando me preguntó si había otra, le dije: Vos sos el caballo del comisario. No entendió nada, y me preguntó que significaba (cada sociedad tiene sus símbolos y códigos, y aunque se hable el mismo idioma; aquellos tienen carácter local). Se lo expliqué en otros términos: Vos sos mi potranca preferida, pero... ¡Guarda, que hay otras en la gatera! No te dejes estar, no vaya a ser que te ganen por un hocico... Lo entendió perfectamente.

Me acordé de la regla general: Una mujer representa a todas, todas a ninguna.

¡Me llamó la atención su jovialidad! Quizá se deba a su vida activa, viajera habitual... Cuando no dejamos que nuestra mente divague, y nos lleve de las orejas hacia donde ella quiere. Cuando tomamos el control y la mantenemos ocupada y, en permanente actividad; la respuesta sobreviene: Rejuvenecimiento, revitalización, regeneración, reestructuración integral del cuerpo físico (estamos sobreponiéndonos a la entropía).

Su edad cincuenta, su presencia treinta y su vivencia quince, cual una colegiala...

¿Será por el profundo y genuino amor que expresa, por todo y todos?

Cariñosa, afectuosa, apasionada, ardiente; así vive ella su relación de pareja. De vivir sencillo, genuino, natural; innato en ella. Destila frescura, suavidad, aroma de permanente renovación. Le asigna importancia a las cosas, por su genuino valor: El intrínseco.

También tiene sus defectos. Que no pueden, ni deben faltar, en todo aquel que se jacte de ser miembro de la humana especie; a los que ella llama: Pecaditos. ¡Qué ingenua denominación..!

Y... la letra de la ópera, resulta pertinente: "La donna è mobile".

Así es: Mi angelical dama boyaquenña de los ojos color café.

¿Cómo será la convivencia con ella? Acudí al biorritmo. Y... ¡Oh sorpresa! Nuestro promedio de bio afinidad es del 65%. Cuando uno ve que a partir del 25%, la convivencia comienza a ser compatible y sustentable, lo nuestro parece: "Coser y cantar." Como dije antes: Sospechemos de lo evidente. Este es un dato potencial; la realidad se encargará de confirmarlo o desmentirlo. De nuestro esfuerzo dependerá, que lleguemos a buen puerto...

Recordemos: "Las utopías de hoy, serán las realidades del mañana." Esto se condice con el gran marco de referencia existencial: Causa-efecto/Efecto-causa. Como decía el Buddha: "Hoy eres el efecto de lo que fuiste ayer, y la causa de lo que serás mañana".

Y... acudió a mi mente, nuevamente, el porqué... ¿Por qué me elegiste? Siguió rondando en mí... ¡Es que, habiendo millones de hombres a tu alrededor, miras hacia el infinito! Barrunto que este misterio va a trascender mi existencia física, y... me lo llevaré cuando pase a la otra dimensión... quizá allí, merced a la amplitud de perspectiva, pueda resolverlo. Lo que sí me atrevo a confirmar es que no fue casualidad. Ya que: La casualidad —azar y el destino— determinismo, no son aplicables como norma general, sino tan solo confinados al carácter de singularidad o puntualidad. Consecuentemente su probabilidad estadística, es mínima.

Hoy, viendo las cosas en perspectiva; serena y desapasionadamente; me atrevo a decir: Que la primera me abrió las puertas de un nuevo mundo, la segunda hizo las veces de ángel, preanunciando lo que vendría, y... la tercera, resulta en la plasmación de los hechos.

Y... ¿No será ella, también un ángel?

Toda una cuestión de complicidad.

O... ¿usted cree, que esto solo ocurre en el mundo físico?

II

EL CHAT

¡No sabía quién eras! ¡Pero igual dije que sí!

Me sorprendiste, proponiéndome chatear, en la página de idiomas. No me imaginé en cuál de ellos querías dialogar (después me di cuenta —quizá un tanto tarde— ¡que era en el idioma del amor!)

Recuerdo el primer chat, cuando, después de ver una fotografía tuya, te dije:

—Vos sos de cincuenta.

—¡Quéee! ¿Cómo acertaste? ¿Sos brujo?

—Y eso que no estudié para...

Luego se hizo hábito, ya era todos los días: ¡Todo un vicio! ¡Un agradable vicio!

Cámara web de por medio... palabras van y vienen... Creo que llegue a percibir el fluir de los pulsos circulando por la red.

Hasta ese momento me sentía independiente, pero a partir de allí, me convertí en un adicto más.

¡Qué cosas tiene la tecnología!

Te seduce cual atractiva fémina, atrapándote de irresistible modo... ¡Ni siquiera te queda hálito para responder! ¡Caes vencido a sus pies!

Recuerdo que me dijiste: "¡Si no fuese por la tecnología, jamás nos hubiésemos encontrado..! "

¡Lo que me hubiese perdido!

¡La perfecta alquimista!

En el doble sentido... Así te percibo: Eres oro, y lo que tocas, lo conviertes en tal. Para ser más preciso: Eres todo amor, y lo que tocas, lo conviertes en tal.

Por una parte, y... por la otra, me pregunto: ¿Que alquímico brebaje habrás preparado, para hechizarme, de esta manera?

Y... cual *rara avis*, algo me conmocionó:

Me desvela, el poder develar, su poder sobre mí.

Esa vez me dijiste:

—Creo que me estoy enamorando de ti.

—¡Tenés treinta millones de hombres al lado tuyo, y me venís a buscar a mí a siete mil kilómetros!

—Pero... tú estabas en el lugar justo, en el momento justo.

—¿No pensaste que convivencia y distancia son incompatibles, irreconciliables?

§

Me quedé pensando en la tecnología... algunos dicen que es buena, otros que es mala. En realidad, es como todas las cosas... ¿Cómo son las cosas? ¡Son como son, únicas!

No tienen identidad propia.

¿Y... entonces?

El mote de buenas o malas, se lo damos nosotros, a través de nuestra actitud hacia ellas. Nuestra mente racional, dualidad de por medio, trabaja así; doble faz, cual vulgar moneda. Por eso, es indispensable trascenderla, porque, sino, estaremos condenados de por vida, a recorrer siempre la misma circunferencia, cual asno del malacate.

§

Comencé a sentir un hormigueo, como un calorcillo interior...

¿Me estaré enamorando?

¿No será éste un caso resuelto?

(¡Esto es más que una cuestión abogadil!).

Y yo... Entonces... ¿Un nuevo comienzo?

Elogio tu diplomática habilidad, cuando comentaste: ¡"Ojo que el chat no es un juego"!

Me lo creí, y... lo tome en serio.

¡Qué gil que fui!

Al rato me sentí... raro. ¡Claro! Estaba envuelto para regalo, con moñito y tarjetita de destino incluidos...

¡El que juega con fuego, acaba quemado!

Y... vos escribiste:

—¡Aajjjajjjajaja..! (me sonó como una carcajada en *surrounding system*, dando vueltas en todo mi derredor).

Y así fueron pasando los días... chat hoy, y mañana, y pasado...

III

ÁNGELES

En el fondo todas ellas tienen algo de ángel (no faltan quienes aseveran, que también de demonio...). Las muy malas lenguas dicen: "A ellos los hizo Dios, y a ellas Satanás"

¿Qué es esto de ángel? Es un dilema desde siempre. Recuerdo aquel concilio, en el que se debatía acerca del sexo de los ángeles (de allí salió lo de discusión bizantina). Mientras la gente, allá afuera, tenía necesidades impostergables... ¡No sé por qué me hace acordar a los políticos! (y... no me digan eso, que la historia vuelve a repetirse) porque, si así fuese, quiere decir que no hemos aprendido nada: Nos hemos detenido en la dimensión espacio-temporal, esto, en buen romance, se llama: Involución.

¿Existen los ángeles? No voy a entrar en esa polémica. En mi opinión no existen en este mundo de ficción (acotado por los sentidos), en el cual vivimos (o, por lo menos, es lo que nos han hecho creer, que es vivir. Y... todo el resto del tiempo... ¿Qué es?). Particularmente, pienso, que aquello que llamamos vida, quizá, sea uno de los múltiples, aspectos, que asuma la misma, o... el preludio de otras posibilidades.

Si existen en los mundos reales, pues los considero seres, puramente energéticos. Recientes investigaciones, permitieron rastrear sus huellas, vía satelital. Así como en el micro-mundo se estudian las sub-partículas, por su trayectoria; y en la dimensión macro sucede algo similar con los agujeros negros...

¿Que simbolizan? Se me antoja, apoyo logístico. Constituyen esa parte de nosotros, que hallándonos extremadamente desorientados, nos asiste para regresar a la fuente, refrescarnos, y retomar el camino. Cuantas veces, nos perdemos, y, enloquecemos, porque no hallamos el sendero de regreso. ¡Nuestra ignorancia es tal! Y después nos jactamos que tenemos conocimientos: ¿De qué? ¡Ni siquiera tenemos conocimiento de nuestra propia ignorancia!

No son pocos los humanos, que, o asumen actitudes angélicas, o, más aun, sean ángeles humanizados, predicando con el ejemplo; que, las mas de las veces, cae en saco roto, habida cuenta, del estado de torpeza, estupidez e irresponsabilidad, en que vive la mayor parte del género humano. No obstante, ello, su función es indelegable: Compensar, aunque sea, asimétricamente, la humana necedad.

Acuden a mi mente, ejemplos del mundo físico, que se dan en múltiples situaciones relacionales de la vida cotidiana. Ese mundo silencioso, que no está a la exposición directa de los sentidos, cual la parte sumergida del iceberg, es, sin embargo, factor determinante de transformaciones estructurales. Emulando, el calificativo, angelical, está referido al espectro de actitudes, que, aunque silenciosas, generan una nueva dimensión de posibilidades.

Ángel, se usa, en el común, para denotar, cualidades exteriores (asociación que hacemos con la belleza, la seducción, el magnetismo personal...). Visualizo, una connotación, más profunda, esencial, interior: El poder transformador, que cada uno tiene, desde su aspecto energético, respecto del mundo físico. (Téngase en cuenta, que el mundo físico, es el de más baja gradación, o bien, de entre las más bajas frecuencias vibracionales, por ello es mundo de aprendizaje). Desde esta óptica, nuestro poder es ilimitado.

No puedo dejar de mencionar, al llamado: "Ángel de la guarda", aquel que nos asiste, en todo momento, gestionando nuestras peticiones, inquietudes y apoyo, en las esferas más altas de los universos energéticos. (Su eficiencia es tal, que no deben confundirse con los funcionarios públicos).

Nuestra conexión con EL/ELLA (para hacerlo más llevadero, supongo que los él, se hallan asociados a una ELLA; y las ellas a un ÉL) es puramente energética, y ELLOS descienden de nivel, hasta encontrarse con nosotros, como quien quiere escuchar una FM, tiene que sintonizar la frecuencia pertinente.

Pero también requiere de un esfuerzo de nuestra parte, porque si no emitimos señal, todo lo que ELLOS hagan resulta en vano.

Dicho esto, en buen romance, tendremos que elevar nuestra prestación, para viabilizar el contacto.

Yo le di nombre a mi ELLA, y ella, también a su ÉL.

Aunque esto, debiera ser un secreto, se los contaré, espero que ELLOS, no se enojen... pues considero que el lector se lo merece)

Mi ELLA se llama Ayonel, y su ÉL, Omar.

¿Cómo hago para conectarme directamente con ELLA? Escribí un verso invocatorio. Esto sí no se los puedo contar, es algo íntimo entre ELLA y yo. Refuerza y agiliza nuestra conexión.

Lo que sí puedo hacer, es invitarlos a cada uno de Vds., que actúen de manera similar...

Surge en mi, espontánea inquietud... ¿Qué harán ELLOS, mientras nosotros hacemos sexo?

Y cuando una pareja no funciona... ¿No será que la disidencia comienza en el plano de ELLOS, y gravita en el nuestro, con la secuela correspondiente?

Algo así, como si el desacuerdo se transfiriese al nivel energético subyacente —el nuestro.

¿Desconocimiento, desconfianza, crisis comunicacional con ELLOS?

Las jerarquías y estamentos, no son una peculiaridad de nuestro mundo. Existen a nivel micro y macro; dimensional y meta dimensional.

Ella, es mi ángel en todo sentido. En lo intrínseco, y en lo extrínseco: Fortaleza, compañerismo, generosidad, sensibilidad, simpatía, expresividad, seducción, empatía, femineidad, entusiasmo, servicialidad, energía...

Su actitud sumada a las exacerbadas ansias por volar, si por ella fuese viviría en un avión, me dice que algo no cierra... ¡Intuyo una suerte de engaño!

Propongo una hipótesis: ¡Y si fuese un ángel disfrazado de mujer!

¡Ah! Empiezan, ahora, a tener sentido muchos puntos oscuros...

§

Pensándolo bien, los ángeles no tienen defectos, pero cuando bajan a esta tierra, es casi una obligación el tenerlos; porque sino desentonarían con las prescripciones mínimas, para subsistir, en este ámbito.

§

En el amor, permanencia, profundidad, búsqueda de unidad; mas allá de la superficialidad de lo sensorial, de lo emocional, de lo mental...

Ella, no es tan solo una mujer. ¡Ella es una dama! Cerrando el círculo, una prístina ocurrencia:

Ángel y dama, son, simultáneamente, principio y final: ¡Meta conjunción!

IV

ALEJAMIENTO

Te fuiste tan lejos, mi amor. ¿Hasta dónde te he de seguir? ¿Es que acaso estas poniéndome a prueba?

Y después me dices que ansias ir a Venecia, y Paris, y Roma, y Viena, y... en mi compañía.

¿Es acaso, esto, un desafío?

¿O... exacerbado romanticismo?

Y... te acongojas por sentirte sola. Eres la causa de tus propias penas. Tus cuitas, hablan a la lejanía, de tu soledad. Si, por un momento, elegiste esta instancia, atrévete a convivir con ella...

El dolor, debidamente encauzado, puede ser herramienta de crecimiento, con sabiduría.

Me apena verte llorar, pero es lo que decidiste. Siempre tenemos opciones, hasta el momento de la elección, luego tomas una y descartas a las demás.

Tu ansiedad te excede, y te enredas en fantasmagorías, cual gato, jugando con ovillo de lana.

Te has preguntado, alguna vez: ¿Por qué haces, lo que haces?

¿O es que acaso, el capricho te gobierna?

Serénate, mi pequeño-gran amor... que la distancia templa los ánimos.

Cuando nos reunamos: ¡Qué exultante momento! ¡Hasta los dioses del Olimpo, brindarán con nosotros!

Recuerda que la vida es: El viaje. Y en ella se hallan contenidos, un sinnúmero de pequeños viajes. Cada arribo significa morir, y cada comienzo, renacer. Eso es la vida; la dinámica vital: Morir y renacer a cada instante.

La mitológica Europa, tierra de desencuentros, ayer; y de encuentros, hoy.

¿No estaremos, emulándola, desfasados en el tiempo? Hoy desencuentros, mañana quizá...

Barrunto que tu mente esta vagando. Tu inconmensurable romanticismo, busca asociarse. ¿Cuál es el campo propicio para ello? Nuestra perenne compañera de viaje, tan solitaria como tú. Algo te diferencia de Selene, ella solo tiene compañía esporádica, en cambio, tu, la pretendes de por vida.

Ella es agreste, ya que desde siempre convive solo con ella misma. Si tu soledad se extiende tu carácter: ¿No se le asemejará?

¿Qué? ¿Acaso me estás probando para ver si soy capaz de..? Ya te lo he dicho, mis límites son ambos infinitos...

Por ello, no sé que grado de sarcasmo, tiene tu aserto: ¡Me voy a Júpiter!

Quisiera acercarme, para estar, aunque sea mentalmente, contigo. Me temo estar fuera de alcance. Ahora debo apelar a recursos más sutiles: Mi cuerpo etéreo. Tal vez podamos reunirnos como tales, en una relación virtual.

¿Cómo será esta experiencia?

Por de pronto, nueva. ¿Qué matices tendrá?

¿Valdrá la pena atreverse a experimentarlo?

No pienses en sensaciones, ellas son inherentes a la mente.

¿Y las emociones?

Serán seguramente, en un tono más sutil.

¿Qué será de nosotros, cuando regresemos a la cotidianeidad..?

Creeremos que todo habrá sido un agradable sueño. ¿Qué significado, tendrá, para nuestro aprendizaje, esta experiencia?

¿Podremos regresar a la vivencia habitual, sin exabruptos?

Y... decidiste, alejarte aun más...

¿Qué es esto, un desafío... un juego..?

Don Alberto, desde donde se halle, debe estar enloqueciendo de envidia...

Aun me queda un as en la manga: El vuelo astral... espero que no te alejes más, pues creo que este es mi último recurso... por lo menos, por ahora. Y... me pregunto: ¿Es posible una relación de convivencia astral?

¿Será una conjunción energética?

Y... si no son validas ni preguntas, ni respuestas, y... es solo vivencia.

¿Qué motivación, te condujo hacia allá?

¿Será, la búsqueda de ti misma?

¡Quizá no sea necesario alejarse tanto para descubrirnos a nosotros mismos!

¡Quizá, esté más cerca de lo que imaginamos!

Pero en nuestra ignorancia...

No será nuestro niño interior, que, en su afán, nos impulsa a la aventura...

Si durante toda nuestra existencia física, permaneciese en nosotros, ese niño inquiridor; cuan diferentes seríamos... pero ya ves, ingresamos a la categoría de adultos, y decretamos su muerte, sin darnos cuenta, que morimos con él, o... por lo menos, lo hace una gran parte de cada uno.

Dicen, los que saben, que... los pleyadianos, diseñaron nuestro ADN original, y posteriormente su rediseño, el actual. No habrás ido a confirmar este aserto...

Es una metáfora: Carece de solución, en el ámbito del campo físico, trascendiéndolo, en mucho más de lo que te imaginas.

¿Y ahora qué..?

¿Continuarás alejándote, o... regresarás

V

CRISIS

Crisis: Dualidad —tesis y antítesis. Una palabra cuasi mágica... Puedes salir de aquella, tomando energías, para pasar de un nivel cuántico a otro superior —volando, cual cóndor de los Andes, mas alto que las más altas cumbres—, o cediéndolas, para pasar a un nivel cuántico inferior, debilitándote, sumergiéndote en el dolor, la queja, el lamento —arrastrándote, por las más oscuras y tenebrosas profundidades del abismo.

¡Puede ser la oportunidad de una oportunidad!

¡Tú decides!

Aun no nos hemos visto, y ya hemos pasado por sucesivas situaciones de crisis. Afortunadamente hemos sabido capear el temporal, aunque todavía nos quedan los moretones de los porrazos que nos pegamos. Aun nos mantenemos a flote. Y no es osado decir, que de su mano hemos crecido.

En tu extrovertido carácter, guardas, un asunto pendiente, que es motivo de repetitivos estados de mini crisis: Esa angustia de soledad, la cual no puedes procesar. Excede tus naturales límites... Sentirse solo (¡No, estar solo!), es agobiante. Cuando uno está centrado en sí mismo, esa es la angustia que lo invade, pues queda debilitado ante la falta de participación natural, con los demás.

Pero el gran salto, está por venir: Fin de una etapa, signada por una forma de vida, y comienzo de otra; con todas sus implicancias. Dejar un *modus vivendi*, para tomar uno distinto. Idiosincrasia, hábitos, costumbres, estilos, modismos... la incertidumbre —bienaventurada ella, pues acrecienta la genuina libertad— exaltando nuestro libre albedrío; convirtiéndonos en poderosísimos ejecutivos de las propias decisiones.

A veces se piensa, que hay tiempos normales, y entre ellos, crisis... No será, que lo normal es el tiempo de crisis, y... los intervalos, singularidades (esto los argentinos, lo sabemos muy bien. ¿Por qué será, que, después de 200 años, siempre nos vuelve a suceder lo mismo?)

Recordando que éste, además de ser un mundo de ficción, lo es de aprendizaje, lo lógico, es que estemos en permanente estado de crisis, ya que constituye un excelente inductor de desafíos, tendientes al mismo. ¡Qué sería de nosotros, si no hubiese tiempos de crisis!

¡Viviríamos en el mar de aceite!

VI

BOGOTÁ

Fui a buscarla. El impacto de la sorpresa.

Nos vimos por vez primera. Quedamos perplejos.
No nos conocíamos, pero parecía, hacer años, que sí.
La trampa de la mente: Dualidad. Las dos opciones,
tienen la misma entidad, y son complementarias.

¡Qué similitud con el comportamiento del electrón!

¡Por fin! Frente a frente con mi ángel...

Una mirada flash, nuestros ojos se cruzan por unos
pocos segundos, extendemos nuestros brazos, y, nos
fundimos cariñosamente, el uno en el otro.

Confirmo el previo sentir: ¿Cuántas vidas haría que
nos conocemos?

Pasado y futuro, se funden en un único tiempo: El
presente —simultáneamente: tiempo y no-tiempo.

Su voz, el dulce timbre del canto de sirena, una me-
lodía celestial para mis oídos...

En su expresión, espontaneidad.

Nuestros rostros se aproximan, nuestras mejillas ro-
zan, sonrojan suavemente. La temperatura aumenta...
los primeros besos, suaves, luego... la pasión, el ardor...

al paroxismo... percibimos el influjo de suspicaces miradas, en derredor. Lo nuestro: Abstracción. Afuera, un mundo, con sus propios y naturales límites físicos. Interiormente, por doquier... Como toda novedad, incursionamos en el reconocimiento del otro... cada mirada, cada palabra, cada silencio, cada gesto, cada abrazo, cada caricia, cada beso, cada movimiento corporal... trasuntan exploración.

Ella es una paradoja. Su física pequeñez, contrasta sensiblemente, con su grande capacidad de amar y de amor.

Hago un balance. ¿Cuáles son los aspectos comunes entre ambos?

Me respondo, casi musitando: jovialidad, iniciativa, creatividad, dinamicidad, buen humor, onda para la convivencia, experiencia, y una poderosa, casi inexplicable, mutua atracción, de la cual no podemos sustraernos.

El reconocimiento del otro, nos conduce a elevar el nivel de nuestra relación.

Nuestros cuerpos se disimulan ante perspectivas más elevadas. Su rol pasa a segundo plano.

Cada humano, es un paradigma de infinitas variables. Dudo que nuestra corta vida alcance, para conocer con profundidad al otro. En la vacuidad de lo cósmico, más allá de toda transitoriedad dimensional, la unión esencial, deviene en conocimiento profundo e integral: El Conocimiento.

El comienzo, es un juego. Chapuceamos. Cuando el agua nos llegue al cuello, tendremos que hacer el esfuerzo de mantenernos a flote. Y... ¿Cuando la corriente nos arrastre?

Para estar, permanentemente a la altura de las circunstancias, debemos reconocer cada etapa, tomar energías, y pasar al nivel cuántico inmediato superior. La escalera de los estados de conciencia, tal vez, infinitos, en número.

En realidad, este no es simplemente cualquier encuentro. Este es: El Encuentro.

¿Cuál es su significado?

Conocimiento del otro y pre convivencia.

Todo a una. Contacto, conocimiento, convivencia, planificación a futuro... Ponemos toda la carne en el asador.

¡Definición! ¡Ambas vidas en proa a lo desconocido! Un final, y un comienzo. Una angustiosa soledad, que muere, y transfiere su rica experiencia, a una nueva perspectiva: La aventura de compartir, crecer, aprender, evolucionar, superar todos los límites, juntos, por el resto de nuestros días.

¡Qué maravillosa opción! Disfrutar del placer de la cercanía, tanto tiempo anhelada, tantas ansias puestas en ella...

¿Cuántas vidas haría que no nos veíamos?

Otros aires, nosotros mismos, una nueva experiencia.

Nos adentramos en territorio, para ella local, para mí, virgen. Germen de un frustrado sueño hispano americano...

Ambiente propicio.

Las alturas pretenden serenar los ánimos, apaciguarlos... un lejano mirar...

Siglos de encanto, mítica atracción... cumbia y café. Aroma y sabor propios.

Ella, deslumbrante, el fuego de su seducción atrapa, envuelve; se contornea provocativamente... espasmos de placer.

En un exacerbado aire de sensualidad, sus senos se yerguen en voluptuoso perfil.

Ritmo, desinhibición, sexo...

Noches de encuentro, de pasión, que anhelan el peculiar encanto de nuevas experiencias vitales, al influjo de la calidez, de una adecuada ambientación.

§

¡Cuán placenteras resultaron esas largas caminatas diarias, por las amplias avenidas y carreras bogotanas, tomados de las manos, cual dos tortolitos!

A miel sabe su dulzura.

Cual pétalo de flor, sus caricias.

Los labios, en suave roce.

Estimulo sensual, el goce.

Su delicada piel, deleite.

De amor, su manto me cubre.

Es ella: Mi amada, mi reina.

Destila amor, por doquier.
Que emana, de innata forma.
Todo en su entorno, atrapa.
Y cual onda expansiva, alcanza.

—Me siento... un tanto pegajoso.
—¡Te advertí cuan dulce soy!
—Todos mis dedos, embebidos...
—¡Estás como mosca en la miel!
—Y... cuando estás enojada, ¿También sos así?
—¡Claro, mi príncipe!

Esta experiencia, se me ocurre, más novelesca que real.

VII

CARACAS

Cuna del gran libertador. Emperador que no fue.
Diluyéronse sus sueños, en feroces internas. Preludio
de una actitud, que sigue siendo.
Una utopía que espera paciente: Hispano América:
¡Una sola nación!

Aquí vive ella, mi dulce amada.
Su patria adoptiva, residencia habitual.
Anfitriona de primer nivel,
confortable sitio.
Envolvente calor de hogar.
Ambiente que transmite
un halito de seducción.
Ella irradia, y el espacio es.

Es la primera vez; sin embargo, me resulta
familiar. Será, que con conocerla, basta.
¡Y todo no es más que una extensión de ella misma!

La recepción, magnífica.
Sobriedad, calidez,
afecto muy singular.
Elegancia que contrasta
con su impecable sencillez.
Cada ocasión, un look distinto...
polifacética, cual piedra diamantina.

—¡Quiero verte, cual Afrodita!
—¡No seas tan pretencioso!
—Mirá que por vos me derrito.
—¡Te quiero enterito!

Noches tibias, impregnadas de una candorosa sensualidad, casi virginal.

Al amparo de difusa luz, dos siluetas, besos de pasión, una sola figura... Dos cuerpos que se funden en uno solo... el lecho espera pacientemente, la noche recién comienza. El eterno estío caribeño, desata la pasión, y entre copas de burbujeante champaña, estimula el fogoso juego.

Ni siquiera la suave brisa marina, puede refrescar el ardiente contacto.

Desde dentro suspiros y jadeos; afuera la monotonía del silencio...

Amanece, cae el telón, y un nuevo acto finaliza.

VIII

CARIBE

Sol, cielo, agua, arena; sin solución de continuidad. De límites imprecisos, más allá, el verde... el incesante fluir de natura.

Pinceladas de perfección y equilibrio.

Maestro y obra en armónica unidad.

Nuestros cuerpos desnudos... pasional influjo, condimento adecuado de sabrosa receta... Húmedos, tostados, tapizados en arena; contemplamos, disfrutamos, somos parte activa... Dos imanes, un poderoso campo magnético, insoslayable atracción.

Me acerco a ella, con suave caricia, e ígneo contacto. Deslizo delicadamente mis manos en su bronceado torso. Nuestros cuerpos se hacen uno... ¡Explosión de sexo! Un estallido, una onda expansiva... Afuera una suave brisa nos envuelve, e irradia los suspiros del contacto. El sol abrasador, acompaña... Nuestros cuerpos yacen extenuados en la playa...

El paraíso existe, y no hay que salir a buscarlo a ningún lugar... está en nosotros (pero, si así lo decidimos, también el infierno puede estarlo).

Lo cósmico, nos hace un guiño de complicidad. En su holística manifestación, percibimos la unidad subyacente. El flujo incesante de la vida nos retroalimenta, nuestros cuerpos, quedan anclados en la densidad de la materia, mientras nuestra sutil esencia, se eleva hasta ignotos mundos energéticos. Nuestra presencia: La parte en el todo - la infinitud de lo cósmico. El todo en la parte —nuestra propia finitud—. El gran holograma.

Esas aguas límpidas y templadas nos tienden sus brazos... nos reclaman... mientras nuestros cuerpos ansían un nuevo status de placer. Es que, en el paraíso, uno ansia el disfrute, solo eso...

Anochece, somos solo sombras a la vera del mar, desde el romántico satélite, un tenue manto de luz, acompaña el festejo del encuentro. El silencio, tienta a nuestras mentes. Vaya a saber, en que exótico destino, están pensando...

Regresamos a nuestro bungalow, el nidito caribeño de amor.

La urbe, historia, encuentro de dos mundos, y dos épocas —La ciudad amurallada, y la moderna edificación. Nuestras vidas un infinitésimo de esa historia... Contemplación, silencio, reflexión...

¡Qué pequeñez, la nuestra!

¡Quedamos absortos ante tamaña magnificencia!

IX

EUROPA

Venecia, sueño de toda romántica dama. Influjo de una pasión medieval. Corazones que se conmueven, tras el peso del tiempo.

¿No estaremos reviviendo otrora... con mi amada?

¿Y... Paris? ¡Glamour! ¡Cultura del amor!

Fuente donde apasionadas almas solitarias nutren su corazón, con amorosas aventuras.

Europa, la milenaria, nos acoge, plácidamente.

Un destino familiar. Sajona recepción.

La calidez latina, inigualable.

Lugares de ensueño. Historia y confort.

Nuestros corazones se solazan, recorriendo este pequeño gran mundo.

¿Qué instancias le depara a dos almas solitarias, esta ancestral tierra? ¿Cómo influye en nuestras vidas, tan magno acervo?

Siglos de extremas experiencias: Desde los más crueles antagonismos, hasta las más elevadas vivencias. Hoy, natural coexistencia. ¿Acaso las situaciones límite, forzaron el aprendizaje? En infinita policromía, cada terruño con su idiosincrasia, cultura, lengua, raíz, a la búsqueda de una síntesis.

Quizá debamos emular, desde nuestro fuero intimo, esta actitud, como una preparación para incursionar en el harto-difícil arte de la convivencia. Aceptación, tolerancia y comprensión de las características del otro, en tanto individualidad.

Actitudes a emular. Cultura de convivencia. Perennes rasgos que se graban en nosotros.

Un sendero de futuro... dos vidas que se encuentran.

X

LA PERLA DEL PLATA

¿Qué la trajo hasta aquí? ¡A miles de kilómetros de su residencia habitual!

¿Qué extraña premonición, disparó una actitud tan insólita? De tanto repetirte: "Que el amor todo lo puede..." Has logrado convertir, tu expresión, en una realidad incuestionable.

Y... continúo formulándome preguntas lógicas.

Pero... a decir verdad, las mujeres no saben nada de lógica. ¡Ni les interesa! (es más, ellas piensan que esto es cosa de hombres). Y... ¿Para qué será?

¿Cómo se llamará, su sistema de referencia?

Será: ¿La Antilógica, la contra lógica, la meta lógica..? ¡Qué bueno sería saberlo!

En realidad, mientras nuestro enfoque hacia ellas, es parcial; ellas, nos evalúan a la luz de una perspectiva más integral, dicho esto en líneas generales.

Desde este punto de vista, su consideración encuadra en el marco de la meta lógica.

§

La calidez de BA, apadrina el encuentro.

Ciudades, las hay por miles, pero como BA, en mi fuero intimo, solo una: NY.

Esta tierra tan acogedora... clama por nuestro encuentro. Nuestros cuerpos, se hacen eco de este mensaje... ardiente pasión, prolongados suspiros de placer, que se pierden en el bullicio citadino.

¿Qué has hecho, mi amor?

Como dice el tango: "Decí, por Dios: ¿Qué me has dao, que estoy tan cambiao? ¡No sé mas, quien soy!"

§

Cosmopoliticidad, belleza, cultura, trayectoria, convivencia dinámica entre el ayer y el mañana, así es BA: ¡Multifacética!

Particularmente, la percibo huidiza; ella siempre fue mi amor imposible.

Hoy nos abre sus puertas, y nuestro amor, encuentra un nido, para crecer...

La observamos, su encanto nos acompaña. BA es una pasión que nos invade. Nos asociamos rápidamente a ella, y vibramos a su ritmo. Todos, tirios y troyanos; quedaron maravillados, desde siempre, con ella. Destila toda la fuerza de su juventud, se percibe como estando allí; aquende y allende el tiempo. Cada sitio, una historia para investigar, un misterio a develar.

Bajo los mágicos cielos del sur, nuestra unión se afianza.

Mientras el dorado sueño muta en realidad; la aventura va llegando a su fin. Vienen tiempos de reflexión, profundidad, serenidad...

XI

INTERETAPAS

En cada encuentro: Pragmatismo.
En cada intervalo: Reflexión.

Reflexión que sedimenta,
en estratos simbióticos,
historial de pareja,
lectura que será
de las sucesivas etapas.
Interpretación individual.
Comprensión integral.

Desde aquella llamada, que más que conversación,
fue carcajada telefónica; cuando comenté:
—Tejés muy buenas telarañas.
—Si, así atrapo a mis víctimas.
—Son calidad ISO 9001.
Y... otras bromas más.

§

Me enlacé con la risa, y se me ocurren varias consideraciones.

Cuando nos reímos, nos diferenciamos de casi todas las demás especies animales, lo cual no es poca cosa.

Pero hay más, la risa es un producto anti estrés, que nos relaja, produciendo un efecto de bienestar sobre el cuerpo físico.

Y... como si todo esto fuera poco, la risa, constituye un complejo tetra vitamínico exclusivo. Estas son las vitaminas: R, I, S, A.

¡No las busque en ninguna farmacopea!

Son genuinamente energéticas.

§

Hasta el diálogo actual, consistente en planificación y proyectos; muestra a las claras, que estamos en manifiesta tendencia de pendiente con sentido ascendente. ¿Habremos crecido en la dirección prevista? ¿Cuánto? ¿Cómo?

El chat, que nunca nos abandona, nos da la pauta: Lenguaje que crece en madurez y prudencia, pero también en soltura y amplitud. Autosuficiencia para desenvolvernos.

Este marco de referencia conductual, ayuda a sobreponernos rápidamente, en los puntos oscuros, implícitos en la relación: Di lo que sientes, y haz lo que piensas.

Su diálogo, aunque silencioso, resulta
expresivo: Claro y contundente.

Su suave sonrisa
sabe a Mona Lisa.
Expectante, me deja.
Exultante, también.

Ella mutando su ansiedad por paciencia, su utopía por realismo, su preocupación por serenidad, su pasión por estabilidad, su recuerdo por presente, su incertidumbre por conocimiento, su duda por decisión...

Pensando nuevamente en I. Kant; comienza a tener sentido, aquello, que: "Las cosas no son como las vemos, las vemos como somos".

XII

RACCONTO Y ESPERA

El resumen de lo vivido, se impone.
¿Cuales las conclusiones?
Instancia de transición, de preparación para la convivencia.
Toma de distancia, serenidad. Escuchar la voz interior. Síntesis de lo anterior, y preparación para lo que vendrá.
Me apabulla un sinnúmero de reflexiones...
Que una dama de tan lejos ponga su mirada en mí, no deja de halagarme. Y, si todavía, se decide a la convivencia, ya la cosa: ¡Pasa de castaño oscuro..!
Si alguien, otrora, me hubiese dicho que existía, fémina tan dulce, desde la mirada, hasta el sexo, lo hubiese tomado como asunto de ficción.
Esto da pábulo para pensar, que cualquier humano que imaginemos: ¡Existe! El asunto es: ¡Hallarlo!
Pero mi halago, va más lejos, pues pienso que, si los dioses me han puesto en este brete, será porque, en lo que a aprendizaje, concierne, confían, que puedo dar para más...

§

Los mimos, caricias y besos van cediendo lugar al escuchar, atender, compartir e intercambiar con el otro.

El mundo de las sensaciones, de la atracción de las formas; cede lugar a una actitud integral, de madurez, caracterizada por la interacción cuerpo-mente-espíritu.

Paréntesis, este, de la superficialidad de los
contactos ocasionales, a la comunión.
Reflexión propia de la transición.
Que en la experiencia cotidiana, devendrá
en sabiduría.

Sabiduría, que solo será en unidad.
Conciencia individual, síntesis.
Los dos en uno vivirán.
Diluyéndose en lo cósmico.
¡Éxtasis existencial!

¡Qué difícil es la espera!
Si largo es el intervalo.
Aliado del tiempo, haz de ser.
Y así poder soportar
en serena actitud, ese lapso.
Ante tamaño verdugo
no queda nicho, ni oquedad
donde guarecerse.

§

Le confieso a mi amada: Tiempo ha, que he descendido del avión, pero aún no he podido aterrizar...

Me responde con una inusual sonrisa, que, cual placentero murmullo, vibra en mis oídos.

El silencio, cierra tan exclusiva partitura.

XIII

CONVIVENCIA

Lentamente los picos de la pasión dan lugar a la estabilidad de la convivencia.
El aprendizaje instaura una nueva etapa.
De nosotros, depende, ahora.
Fue maravilloso transitar tantos escenarios distintos y distantes.
Llego la hora de cruzar el desierto.
¡Que la melancolía no se instale en nuestros corazones!
¡Qué fácil, nos parece ahora, lo vivido!
Es que así es la convivencia ocasional.
El rosal se está quedando sin rosas...
Suavicemos las espinas...

Comenzamos a vivir nuestra realidad, en este mundo de ficción.

El conjunto esfuerzo,
cuenta ahora.
¡Y... qué valioso es!

De él sabremos tanto,
en cuanto conflicto evitemos,
y en armonía vivamos.
Cuando los dos, uno seamos.
¡Éxito habrá!

¡Por fin, a tu lado, mi amada!
Los dos, solos y juntitos.
¡Que comience la fiestita!
Ay ¡Qué cosa rica!

Ni colombiana, ni argentino, sino argenbianos seremos.

En, consolidándonos, un obsesivo anhelo: ¡Una pareja 4 x 4 seremos! ¿Y... como esto ha de entenderse? Nosotros dos, y nuestros dos ángeles de la guarda, primero. Y... compañeros, amigos, esposos y amantes, después.

¡Nunca faltan las lenguas viperinas!

Y... ¿Qué dicen éstas?

El autor está en pareja con la dama de la novela...

¡Ella sí que es una dama de novela!

§

Perfección a ultranza, ambiciosa meta,
pioneros en el difícil arte de convivir.
Rumbo que debiera de toda pareja ser,
para en consonancia cósmica vivir, y,
de la plenitud en felicidad disfrutar.

Natural goce del que todos disponemos,
pero que solo unos pocos aprecian, y
que nuestra mezquindad desecha,
enfrentándonos, en vano, con sí mismos.

Y ahora se inicia la cumbre permanente del G2: Ella y yo. Solos y juntos, todo el tiempo. Acuerdos y desacuerdos, encuentros y desencuentros, consenso y disenso... ¡Claro! ¡Es ésta una cumbre muy especial! Sin dignatarios, ni presidentes, ni ministros. En fin... ¡Una cumbre en serio!

Pero nunca de olvidar, hemos.
Que la convivencia es una liza.
Aún entre académicos eruditos,
la indigente transparencia
en tan magno abordaje,
presente, ha de hallarse.
Y conflictuada que ésta sea,
para retornar a los cabales,
en grande, habrá de pensarse.

Acude a nuestra, congestionada mente, uno de los símbolos de Roma: Las *fasces.*
"La unión hace la fuerza"
Emergiendo desde lo más íntimo, en ambos, esta idea-fuerza, que persistente, ha dejado profundas huellas, surgiendo innata y espontáneamente, como estando a flor de piel.

Pensamos en el significado de la convivencia, y como abordarla, habida cuenta, que en ella nos jugamos al todo o nada; ya que es, en este ámbito donde se define si una relación funcionará o no.

Me planteo: ¿Es la convivencia harto-difícil? ¿O... es nuestra falta de predisposición, para abordarla con genuina responsabilidad? Me inclino a favor de la opción última. Los intereses (léase las propias mezquindades), nos obnubilan, convirtiendo la natural dificultad del proceso de interacción en un nudo gordiano.

Una antojadiza convención, emerge...

¿Por qué no usar, entonces, las múltiples alternativas disponibles? En el campo físico: Las ondas cerebrales y las neuronas espejo. En lo mental: El enfoque sistémico. En lo comunicacional: Políticas de estado, o la necesidad de establecer códigos comunes, a efectos de hablar el mismo idioma, haciendo más eficiente la comunicación.

Ahora continúa, con el acuerdo...

El trípode de ideas, condición mínima, que consolida, solventa y hace sustentable a la misma.

- Transparentarnos totalmente, sin especulaciones.

- Exteriorizar inmediatamente, todo problema que surja.

- Transferencia horizontal de toda comunicación.

Al intentar vivenciar estos propósitos, observamos que se requiere de una profunda e íntima conexión entrambos. La cual está presente en nosotros, aun, desde antes de conocernos físicamente.

¡Qué plácida y plena se torna la relación, cuando se convienen pautas, y se respetan! Y cuán eficiente, resulta, la misma, con estos parámetros.

Y, en su máxima expresión, la convivencia será: Conexión consciente entre ambos.

Hasta aquí, diríase, que el proceso fue natural y lógico, salvando —claro está—, las diferencias superficiales. Convivencia: Al fin lo que la hace definitivamente sustentable, es el sentido común, y la puesta a prueba, el arte de la paciencia. ¿Y... después?

Como dijo el paisano: "Meta vivir nomás..."

§

Cual relámpago, un ejemplo, ideal para el caso, iluminó mi mente...

¡El juego de ajedrez!

Unas pocas reglas fijas, y después: ¡A jugar!

Con infinitas posibilidades...

¡Así debe ser la relación de pareja!

Más, aún: ¡Así debe ser la vida!

Donde, los únicos límites, son los que nos ponemos, a través de nuestra estrechez mental.

Si nos atrevemos: El infinito nos acoge con beneplácito.

§

Estamos dejando atrás el campo de la materia, aquel, que, según reza el Veda, se enrolla y desenrolla, cual pergamino... Y, al cual, la Mente un día engendro, y... un día habrá de absorber; cerrando, así, otro ciclo del devenir cósmico. Por evos. nacimiento, expansión, reducción, y muerte.

XIV

DE LOS ESTADOS DE CONCIENCIA-AMOR

Ingresamos a la zona total. Misteriosa, inasequible, inconmensurable; para las restricciones de la mente racional. Zona inmaterial donde imperan, simultáneamente, el no-tiempo, el no espacio, la no-materia; en fin: ¿La nada, o... el todo?

Recorreremos, a partir de aquí, un estrecho y tortuoso sendero, ignoto para muchos.

Los tres pasos: Expansión mental, mutua transformación y simbiosis armónica.

Continuidad, que queremos darle,
aunque exhaustos y desgastados
a nuestro compromiso inicial.
Meta a la que todo miembro
de nuestra humana especie,
debiese aspirar: Ser humano.
¡Dejar de ser, para Ser!
Donde Ser es no ser.

La instancia de no ser: No espacio, no-tiempo, no-mente —vacío, presente, silencio—, el punto triple esencial, meta confluencia.

Retorno a lo absoluto. Expansión de la conciencia hacia nuevos estados energéticos, los infinitos niveles de Conciencia-Amor, del campo cuántico.

Una tenue aureola, de suave tono, es nuestro común denominador. Nos reconocemos... ¡Vibramos a la misma frecuencia!

Alejarnos del estado de equilibrio, y retomar la posta en un nivel más elevado. ¡Metamorfosis!

Entre el plano subyacente y el subsecuente, se instala nuestro actual nivel de conciencia-amor. Armonía con el mismo.

Sutilizarnos, tirar por la borda, todo el pesado e inservible lastre que hemos acumulado, todos nuestros temores, toda nuestra importancia personal...

Recordando a Jorge Luis Borges: "Si viviese una nueva vida, comería más caramelos, andaría más en calesita, usaría menos paraguas, menos paracaídas... "

Volver a ser niño... encontrarse nuevamente, en sí mismo. El genuino estado.

El no sujeto, el no objeto, el no-lugar, el no-tiempo. No circunstancias donde tienen sentido absoluto, aquellas expresiones, conque amagamos a diario, y que carecen de total significado, en este ámbito de ilusión: Verdad, objetividad, realidad, totalidad, perfección, Conocimiento, sabiduría...

La habitual experiencia cotidiana, tendrá sentido trascendente, en cuanto la hagamos consciente. Retornar vívidos a la cotidianeidad: Revitalizados, regenerados, resplandecientes; luego de habernos sumergido en las hiperluminosidad del campo fotónico, y bebido el energético elixir que nos brinda la fuente cósmica. Abrevadero, éste, al cual acudimos, a tomar fuerzas, cada vez que nuestra débil esencia, cede al avasallante mundo de ilusión, locura y ficción en que moramos.

Nuevo comienzo, nueva experiencia vital. Dinámica de renovación que retroalimenta el devenir existencial: La espiral evolutiva.

Nuestro amor irradia. Ni principio, ni fin, todo el campo; esa es su magia. A su lado, tiempo, espacio y materia se diluyen. ¡No límites! Me siento flotando en un ámbito anti gravitacional.

Mutación energética: Siempre fuimos energía, siempre lo seremos...

Y como tal, esencia la nuestra, de infinitud y eternidad.

XV

LA TENDENCIA OMEGA

La experiencia nos dice que la evolución no es natural, ni lineal, ni creciente. ¡No es gratuita! Así como un móvil, necesita combustible para desplazarse; nosotros, también: ¡Esfuerzo! Trabajar contra la entropía.

Integración vital —cuerpo, mente, espíritu— en fase con la evolución.

Inmersos en un proceso irreversible, transitamos por sucesivos estados energéticos, hasta diluirnos en lo cósmico... así como las ondas en el agua, se diluyen en toda su superficie, confundiéndose con ella, así, nosotros somos en lo cósmico, y lo cósmico es en nosotros. Conciencia. Amor. Simplicidad.

No hay retorno, solo crecimiento. No hay meta, sólo tendencia. Comprensión integral. La existencia es aprendizaje. Aprendizaje es transitar el camino del Conocimiento. Conocimiento que conduce a la sabiduría.

Desde los albores de la convivencia, en estado de ignorancia, hasta la convivencia consciente.

Somos mucho más que la edad, los lugares, los objetos, el poder, el dinero, el... el... el...

¡Muchísimo más!
¡Todo!

¡Qué extraña percepción!
Liviandad, flotación.
Sutiles, luminosos.
¡Transformers!
Fotónica nave individual.
Espacio hiper dimensional.

Esfumáronse las formas.
Allí donde había materia: ¡Nada queda!

Solo energía. ¡Un océano de energía!
¿Cómo es estar juntos, en solo energía?

¡Deslumbrante, destello luminoso!
¡Mágicas notas celestiales!
¡Inimaginable paleta de colores!

¿Podremos, como humanos, percibir algo
más elevado que esto?

XVI

RÍO CÓSMICO

Ella y yo repasamos... Desde aquel instante, en que salimos del huevo primitivo, como almas gemelas, y nuestro descenso, desde lo etéreo, a este plano físico de experiencias y aprendizaje... Hitos, por los cuales habremos de pasar, hasta avizorar la cumbre.

La trayectoria.

Individuación fue al comienzo.
De cuerpo y mente, expansión,
que, al universo todo abarca.
Mutua transformación.
Mutar la ficción por realidad,
gradual simbiosis armónica.
Materia fuimos, energía seremos.
Irreversible proceso, transitamos,
infinitos estados de discreta energía,
en Conciencia-Amor, crecemos.
A la cumbre, innatos, aspiramos.
Ignota tendencia que tentamos.

Amor entre nos, consciente fusión
en la oceanidad de lo Cósmico,
dilución; el todo, lo simple.
La mística del gran holograma.
Fuimos, somos, seremos...
Eterna unión que será, y como tal,
nunca jamás, retornos habrá.
Plenitud, no-tiempo, no-espacio.
Al campo cuántico, pertenencia.

En la meta dimensión, pensamos,
del río cósmico, la simbología.
La fuente, punto de partida y origen.
Ignorancia, el primigenio estado.
Desde el espíritu, lo esencial.
Su cauce, del Conocimiento, el proceso.
Caudal, que flujo de energía, es.
Mutación, quantum y realimentación.
Convergencia múltiple, donde,
sosiego y asistencia, hallamos.
Desembocadura, delta, apertura;
que, al océano cósmico conduce,
energía impoluta, natural acceso.

Morir y renacer, a cada instante...
Crecer, en cada renacer...

El Todo es energía,
la suprema energía.

Todo es energía.
La energía lo es todo.

Rememoramos a Albert Einstein: "Quisiera saber qué piensa Dios... lo demás son detalles."

Apéndice I

Glosario

(Una aproximación dinámica del lenguaje al estado de conciencia del tercer milenio)

AMOR: Energía transformatriz, de altísima frecuencia vibracional.

ARGENBIANO/A: Gentilicio híbrido de argentino/a y colombiano/a.

BIORRITMO: Gráfica que consiste en tres curvas sinusoidales, cada una representativa de un estado vital. Estos estadios —físico, mental y emocional— y sus interacciones, revelan tendencias, a través de sus niveles energéticos.

BOYAQUEÑO/A: Gentilicio del habitante del departamento de Boyacá (Colombia).

CAMBIO: Proceso reversible. Ej.: Los ciclos naturales. Mutación engañosa ("Cambia para que todo siga igual")

CAMPO: Ámbito, donde elementos de similar naturaleza (materiales, inmateriales, abstractos, virtuales), interactúan entre sí, o con terceros elementos, correspondientes a otros campos.

CAMPO CUANTICO: Campo genérico asociado al funcionamiento de variables, con carácter discreto.

COMPLEJO: Lo opuesto a sencillo, pero a igual nivel cualitativo. Concepción de profundo y parcial. Operativo de la mente racional.

CONCIENCIA: Comprensión y aprehensión fehaciente de una circunstancia, en tal grado, que se constituye en un proceso de auto transformación, unidireccional, en sentido ascendente. Proceso irreversible. De carácter interactivo y abarcativo, de orden no local.

CONCIENCIA-AMOR: Cada uno de los infinitos niveles energéticos del campo cuántico, desde el inframundo, hasta la mente cósmica.

CONOCIMIENTO (léase conocimiento): Aprendizaje parcial, específico, transitorio, limitado, condicionado. Inherente a la mente racional.

CONOCIMIENTO (léase Conocimiento): El proceso esencial de aprendizaje. Acceso a la sabiduría. El sendero desde el espíritu.

CUANTO ó CUANTIO (del latín quantum): Cantidad discreta. Paquete. Ej.: escalera, pozo. Se aplica, en forma directa, al comportamiento de la energía.

CUERPO FISICO: Uno de los aspectos parciales del humano. Pertenencia al plano físico.

DENSIFICAR: Descender o sumergirse en las profundidades de la materia.

ENERGIA: Prescripción mínima de todo sistema y/o proceso. Común denominador.

Elemento esencial de lo potencial y lo manifestado. Condición de existencialidad.

"La energía es materia en movimiento" A. Einstein

ENTROPIA: Degradación de la energía. Proceso irreversible.

ESPIRITU: El aspecto integral, total del humano. En la concepción holística, el todo en la parte. Pertenencia al plano energético.

FASCES: Uno de los símbolos de Roma. Representación del poder inquebrantable que otorga la unidad.

FICCION: Característica típica del universo físico. Maia en la filosofía hindú. M en la ecuación einsteniana de equivalencia. Condición de transitoriedad.

FRECUENCIA VIBRACIONAL: Característica identificatoria, cual huella digital; de cada universo, sistema, planeta, entidad, individuo. Directamente proporcional a la energía.

HIPERDIMENSIONAL: Dícese de todo ámbito del multiverso, cuya cantidad de dimensiones, es superior a la de nuestro universo tetra dimensional.

HOLISTICO (del griego holos): Concepto de totalidad. Las partes, en cuanto reflejo del todo, también expresan totalidad.

HUMANO: Integrante de una especie animal, que se diferencia de las demás por aspectos intrínsecos y extrínsecos. De carácter ternario: Cuerpo físico, mente y espíritu.

IGNORANCIA ESENCIAL: Atributo de todo humano que desconoce o no se atreve a incursionar en las lides del Ser.

MATERIA: Forma de manifestación de la energía. Su existencia tiene lugar, a partir de la generación de un ámbito espacio-temporal.

Desde otro punto de vista, podría decirse, que, cuando la energía desciende de frecuencia vibracional, por debajo de un umbral, se convierte en materia.

"La materia es la envoltura de la energía". A. Einstein.

MENTE: Uno de los aspectos parciales del humano. Pertenencia al plano mental. La conforman tres estratos principales.

MENTE INSTINTIVA: Inteligencia para la subsistencia.

MENTE INTUITIVA: Inteligencia holística. Tendencia operativa hacia lo simple.

Funciona con el hemisferio cerebral derecho. El todo predomina sobre la parte. Aplícase el método de la síntesis.

MENTE RACIONAL: Inteligencia para la relación y el aprendizaje. Bloquea a la mente intuitiva, por ello, llegado el momento, ha de saltearse esta valla, para poder seguir evolucionando. Opera entre lo sencillo y lo complejo. Funciona con el hemisferio cerebral izquierdo. La parte predomina sobre el todo. Aplícase el método del análisis.

META (prefijo de origen griego): Después de, más allá de.

MULTIVERSO: El conjunto de los infinitos universos n-dimensionales.

NANOHUMANO: Dícese del humano que vive recluido en la celda de sí mismo, y no se atreve a incursionar en los avatares del espíritu. Paupérrima utilización de nuestras infinitas posibilidades.

NIÑO: Condición, que no tiene nada que ver con la edad; y que denota dos actitudes totalmente contrapuestas. 1) Caprichoso, egoísta, insoportable, maligno (l'enfant terrible). 2) De amplitud mental, inquisidor, creativo, innovador, investigador.

PARTICULAS: Constituyentes elementales de la materia, de comportamiento dual (corpuscular/ondulatorio). Las bosónicas —correspondientes a la materia flash (fotones), las fermiónicas— a la materia estable (electrones).

PENSAMIENTO: Recurso de la mente, en tanto individualidad.

PLEYADIANO/A: Gentilicio del habitante de la constelación de Las Pléyades.

PRESENTE: El intervalo infinitésimo, correspondiente a este instante. Se asocia con la conciencia y la decisión.

REALIDAD: La energía. Concepto de totalidad y absolutidad. Cualidad de lo simple. Se representa por E en la ecuación einsteniana.

SENCILLO: Lo superficial, lo parcial. Antónimo de lo simple.

SER (léase ser): Esencia humana desde un punto de vista parcial —cuerpo o mente.

SER (léase Ser): Esencia humana desde la totalidad individual —el espíritu.

SER HUMANO: Miembro de la especie humana, que asume la responsabilidad consciente de su propia existencia.

SILENCIO: Actitud de la mente racional, que permite acceder a la mente intuitiva, con el consecuente acceso, a posibilidades de inimaginado alcance. Se asocia con la simplicidad y el Conocimiento.

SIMPLE: Condición de unidad, totalidad, profundidad. Concepción desde el espíritu.

"Las cosas son simples, no sencillas". A. Einstein

SUBPARTICULAS: Componentes básicos de las partículas elementales, se las asocia con solo energía.

SUTILIZAR: Ascender o elevarse a niveles energéticos de alta frecuencia vibracional.

TRANSFORMACION: Proceso irreversible (metáfora como quema de las naves de H. Cortés). Camino de no retorno.

TRANSFORMER: Adaptación a la forma requerida. Aplícase para cualquier n-dimensionalidad.

TRIBRIDO: Compuesto de tres elementos.

UNIVERSO: Contracción de UNIdad en lo diVERSO. Implica considerar que nada está separado, y, que todo, forma parte de la unidad. Es más, nada hay fuera de la unidad, que es el todo.

VACIO: Ámbito donde sólo impera la energía. Se asocia con el amor y la libertad.

Extractado del DEC3M (diccionario, de la lengua castellana, para el estado de conciencia del tercer milenio).

APÉNDICE II

GLOSARIO LOCAL

El habla de los argentinos, podría definirse, como un multíbrido de: Castellano, italiano, inglés, spanglish, caló argentino, lunfardo, vesre, border, gauchesco o campesino o chacarero o criollo (propios de las zonas rurales), e indígenas, entre otros.

ARREGLATE: Solucionalo vos mismo.

BURRO: Caballo de carrera (en la jerga turfística).

CAMBIAO: Cambiado.

CHACARERO: El que trabaja la chacra.

CHACRA: Granja.

DAO: Dado (del verbo dar).

DECI: Dime.

GATERA: Recinto, donde los burros esperan para la largada.

GIL: Zonzo.

GUALICHO: Brebaje.

LENGUAS INDÍGENAS DEL TERRITORIO ARGENTINO: Aimará, mapuche (mapudungún), quechua (quichua), toba, guaraní, wichi, nivacle, entre otras.

LUNFARDO: Habla de la clase baja del habitante rioplatense. Proviene de lombardo.

Incluye el léxico de germanía.

META: Más, más y más...

PAISANO: Dícese del natural de los pueblos o zonas rurales.

PINGO: Caballo.

SOS: Eres.

TEJES (tejés): Tejes.

TENES (tenés): Tienes.

VENIS (venís): Vienes.

VESRE: Metátesis de revés.

VOS: Tu.

VOTO CANTADO: Dar algo por hecho.

ÍNDICE

www.ingramcontent.com/pod-product-compliance
Lightning Source LLC
Chambersburg PA
CBHW031856170626
46807CB00004B/1754